선물

달아실 동시집 03

선물

고은수 시 • 신지원 그림

달아실

시인의 말

모든 어린 날을 기억하며,

2024년 6월
고은수

차례

2부. 별똥별

3부. 누나니까,

4부. 감나무에 새순이 나왔어요

1부

꽃샘

꽃샘

엄마,
바람이 나한테 쌀쌀맞게 굴어요!

걱정

지원이가 그림책을 보고 있네요
인어공주는 참 예뻐요
멋진 왕자님도 만나네요
물속에서 말도 잘하구요
이모가 생생하게 읽어주고 있어요
지원이 얼굴이 점점 어두워지네요

"이모, 인어공주도 귀에 물 들어가지?"

15

남 탓

승민이가 철퍼덕 엎어졌어요

옷을 털면서 투덜거립니다

— 바람이 다리를 걸어서 넘어졌잖아

어스름

창이 어둑해지고 있어요
창틈으로 바깥을 내다봅니다
어둠이 뚜벅뚜벅 걸어오네요
나는 집 안에 있으니 괜찮을 거야,
아무리 다짐해도 아무 데도
집이 없는 것 같아요

쉿!

강아지가 왔어요
이름도 보슬이라고 지었어요
엉덩이는 동그랗고 만지면 보드라워요

우리는 오래 같이 있지 못했어요
보슬이는 온 집 안에 똥을 싸고 다녔거든요
원래 집으로 돌아가고 말았어요

엄마는 집이 깨끗해서 좋다, 하시네요
이 말은 진짜 못 하겠어요

그날 침대에서 놀았을 때
보슬이가 엄마 이불에 오줌 쌌거든요
쉿!

아빠는 도움이 안 돼

나 이 썩었어요

치과 선생님이 좋아하시겠구나

복숭아가 빨간 이유

복숭아도 햇볕에 그을려서
얼굴이 빨갛게 된 거죠

나처럼 말이에요!

봐둔 게 있어요

수업이 끝났어요
선생님이 사탕을 나눠 주셨어요
나도 드리고 싶은 게 떠올랐어요
얼른 가서 가져왔죠
선생님이 마시다 둔 요구르트!

으쓱,

엄마에게 종이꽃을 슬쩍 내밉니다

— 오, 예뻐라

나는 으쓱했습니다

— 안 예쁘면 유치원에서 주워 왔겠어요

시든 꽃

지원이가 이제야 학원에서 돌아왔다
문을 열자마자 울먹이기 시작한다
한 손엔 시든 꽃을 꼭 쥐고 있다

"엄마 주려고 숲에서 꽃 찾았는데
길을 잃어버렸어요"

누가 진짜일까요?

한 아이가 건널목 이쪽에 서 있어요

건너편 나무에 까마귀가 앉아 있네요

둘은 서로 말을 주고받게 되었지요

아, 하나로 통합니다

아, 가 엄청 많아졌어요

서로 신이 났습니다

소개

승민이가 친구를 데려왔어요
눈동자가 똘망똘망한 어린이네요
엄마에게 친구를 소개합니다

"얘가 우리 반에서 제일 동안이에요"

안경

시력이 더 나빠졌대요

잘 때도 안경을 껴야겠어요

엄마가 꿈에 찾아왔는데

내가 몰라보면 큰일이잖아요

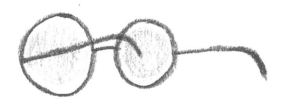

집 생각

저기 앞산이 꼭 우리 집 뒷산 같아요

저 산만 넘으면 집에 갈 것 같아요

2부

별똥별

별똥별

우리는 신기해서 놀지도 않고
지켜보고 있었죠

쥐 한 마리가 담벼락 구멍으로
들락날락해요
지푸라기들을 구멍 밖으로 까느라
바쁘네요

우리가 보고 있는 줄도 모르고…

잠시 후에 분홍색 새끼들을 똑똑
떨어뜨렸어요
한 마리, 두 마리
서로 고개를 파묻고 고물거리네요

우리는 입을 다물지 못했어요
모르는 곳에 떨어진 별똥별도

무섭고 추웠겠죠?

수학 시간

엄마와 학습지를 했다
페이지마다 개미가 가득하다
몇 마리씩 뭉쳤다가
흩어진다
다시 나타난다
진땀이 난다
연필로 머리를 긁적이다가

"이 개미 어디 가는 길이에요?"

의심

어버이날 카드에 썼어요

나는 엄마의 훌륭한 애인이 될 거예요

엄마는 피식, 웃으시네요

어른이 되면 의심이 많아지나 봐요

악!

뾰루지가 났다

아빠가, 흠
이리 와서 누워보란다

겨드랑이에 엄지손가락을
쓱쓱 문지르고 나서

"수술 준비됐다"

나는 눈을 질끈 감았다

이별은 싫어

고래를 그렸어요
등에서 물이 분수처럼
솟아오르게 말이에요
물줄기가 갈라지는 자리에
예쁜 리본을 묶어줬어요
빨간색으로 칠도 했지요
서로 헤어지지 말라고,

가을만 되면

마당에 낙엽 줍기 싫은데,

아빠가 또 우리를 부릅니다

나무에 큰 비닐봉지 씌워두고
싶어요

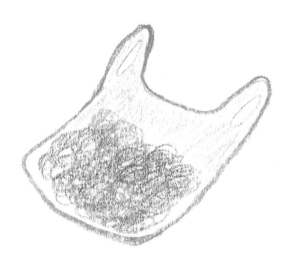

선물

엄마는 동생을 나에게 주는
선물이라고 하신다

누나, 이거 좀! 저거 좀!
졸졸 따라다니는 녀석

귀찮아서 한 대 쥐어박으면
삑, 울면서 엄마한테 이르러 가고

엄마 뜻을 모르겠다
내 머리를 아프게 하는 선물이다

자랑

아빠가 할머니 팔짱을 끼며

― 우리 엄마다

곁에 앉은 엄마를 내가 안으며

― 나도 엄마 있어요!

앵무새를 찾습니다

주인이 앵무새를 데리고 와서
자주 놀던 자리일 거야

벤치에 전단을 붙여놓은 걸 보면

앵무새가 갸웃거리며 앉았다가,
주인 목소리 금세 알아차릴 거야

단풍은 내 마음 알아요

수진이랑 말다툼했던 일
밤까지 나를 따라와요
바스락 오그라든 은행잎처럼

내일 보면 미안하다, 말해야지
어느새 마음이 따뜻해졌어요
빨갛게 물든 단풍잎처럼

용돈 벌기

천장에 형광 별을 붙였다
방이 우주 같다

삼촌이 놀러 온 날
손을 잡고 들어가서
스위치를 켰다 껐다,

반짝반짝 밤하늘을 보여줬다

와, 하는 소리가 들리는 순간
"삼촌, 투 달러"

단풍 친구

누군가 따라온다
또르륵
또르륵

뒤돌아보니
낙엽이 떨고 있다

걱정하지 마,

먼지 묻은 단풍잎을
집으로 데려왔다

53

튤립과 나

― 나, 입 크다

― 너보다 내가 더 크다

서로 활짝 핀 목젖을 구경하고
있어요

아프지 마세요

엄마가 식탁에서 시를 쓰고 있어요
나는 반대편에서 놀고 있었어요

엄마는 볼도 자꾸 문지르시네요
— 이 나이에 사랑니가 난다고 난리구나

나는 엄마를 가만히 보다가 말했어요
— 그 사랑니가 엄마의 시 같아요

즐거운 우리 집

— 밖에 추워?

— 나는 집에 딱 들어오면
밖이 추웠는지, 더웠는지
생각이 안 나요

3부

누나니까,

누나니까,

같이 손잡고 학교 가는 길

— 누나, 엄마 보고 싶다

나도 어리광부리고 싶은데

— 시끄러워, 학교나 가자

100미터 달리기

떨고 있는 내가 싫어
일부러 딴청을 한다

괜히 하늘 보며
'지금도 지구는 돌아'

애들은 다 뛰어나가고
아, 오늘도 나는 꼴찌다

수선화

— 베란다에 핀 꽃 참 예쁘지?

— 생긴 게 선풍긴데요!

약 효과

"영양제 한 알씩 먹다가 두 알 먹으니까 뭐 좀 다르지 않니?"

"한 알 먹다가 두 알 먹으니까 목구멍에서 잘 안 넘어가요"

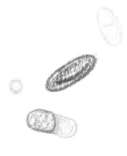

들은 대로 말하기

"아빠 이름이 뭐야?"

"자기"

내가 바라는 것

엄마, 물고기 장식
목걸이 있잖아요

그거 반씩 나눠 가지면
안 될까요?

나는 머리가 크니까,
물고기 앞부분 가질게요

TV 보다가 엄마 보고 싶으면
주머니에서 꺼내 보게요

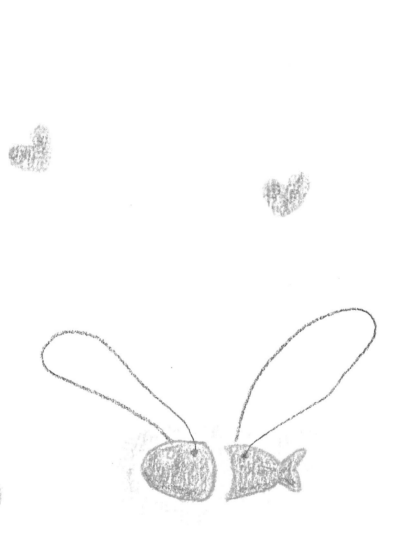

세상에 나쁜 벌레는 없다*

— 집에 개미가 많아서 걱정이구나

— 우리가 흘린 과자부스러기 다 치워줘서 좋잖아요

* 조안 엘리자베스 록의 책

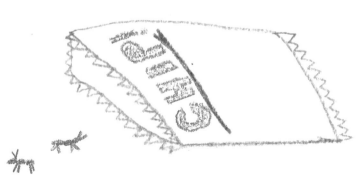

내 마음은 급한데

낮에 엄마한테 말해둔 그것,

벌써 잊으셨나,

어른들은 TV만 보시고,

"저는 이제 들어가 잘 테니까
의논하세요"

변신

— 귀뚜라미* 아저씨 오면 문 열어드려라

— 아저씨가 귀뚜라미예요?

* 귀뚜라미, 보일러 회사

슬픈 맛

병실에 혼자 있었어요
소금을 먹으면 안 된다고
맛없는 음식만 줘요
먹기 싫어서 안 먹었더니
지금은 배고파요
할머니가 계셨는데 어디
가셨나 봐요
먹을 거 없나 뒤적였어요
치약이 저기 보이네요
맛이 매워서 눈물이 나요

자장가

엄마는 내가 잠투정을 하면
노래를 불러주지요
"잘 자라 내 아기"
좀 지나면 엄마가 좋아하는
노래들이 나와요
내 눈동자가 흔들흔들하면
더 힘내서 부르죠
나를 꼭 안아주기도 해요
엄마가 노래를 너무 많이 불러서
잠이 빨리 안 오는지도 몰라요

나이

새해 아침에 떡국이 나왔다
떡국이 싫다

"떡국을 먹어야 나이를 한 살
먹는 거란다"

겨울 방학 내도록 등장하는 떡국!
불만을 터뜨리고 말았다

"나는 나이를 너무 많이 먹는 거
같아요"

나는 엄마 편

엄마가 나를 낳았는데
내 성은 왜 아빠 성이에요?

외로운 친구

민수는 손가락이 한 개 더 있어요
손을 맨날 책상 아래로 감춰요

우리들이 교실에서 뒹굴고 놀 때도
조용히 바라보기만 해요

가늘게 삐죽 나온 손가락이
혼자라고 말해요

4부

감나무에
새순이 나왔어요

감나무에 새순이 나왔어요

학원 가는 길에 보면
어제 못 본 연둣빛이 쏙,

집에 오다 마주치면
나를 보고 쏙,

나도 반갑다고
따라 하며 쏙!

비행기를 탔어요

갑자기 비행기가
벌벌 떠는 것처럼
마구 흔들려요

너무 무서워서
"엄마, 우리 지금
내리는 게 낫겠어요"

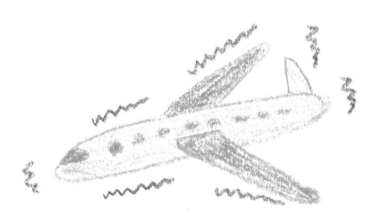

알을 키울 능력이 없어요

저녁 식탁에 생선구이가 올라왔다
엄마는 나에게 생선 알을 자꾸 먹으라고
하신다
영양이 많다며 입에 넣어주신다
나는 싫어서 고개를 저었다

가장 불쌍한 눈빛으로
"나는 알을 키울 능력이 없어요"

슬퍼할까 봐

― 받아쓰기 점수 받아 왔어요!

― 그런데 이 장은 왜 뜯어졌지?

― 60점 받은 건 미리 찢었어요.

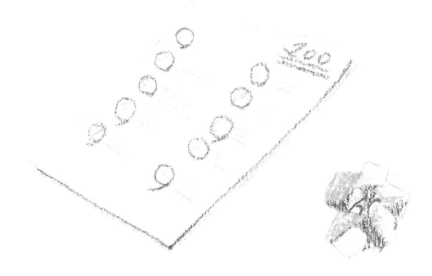

꽃

꽃, 이건 아닌데

꽃, 이것도 아닌데

꼳, 더 이상한데

너, 뿌리가 어떻게 생긴 거야?

나는 나대로

— 국은 오른쪽, 밥은 왼쪽이란다

— 나는 밥이 더 중요하니까 밥을 오른쪽에 둘 거예요

진도 5.8

아파트 계단을 급하게 내려갔어요

어른들도 놀라서 웅성거려요

나는 하늘을 봤어요

날아다니는 새들이 제일 부러워요

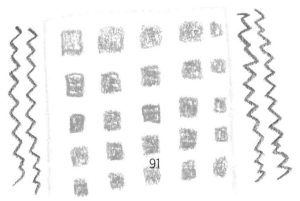

나비 놀이

사탕 껍질을 바람에 날려봤어요

집에는 아무도 없고, 껍질만
바람에 살랑살랑 눈앞에 떠 있어요

난간을 잡고 손을 뻗었는데
그대로 앗,

나는 날지는 못했고 아래로 데굴데굴
구르고 말았어요

옆집 어른들이 달려올 때까지
애벌레처럼 엎드려 있었어요

멋대로 말하기

— 사람이 빛의 속도로 달린다면 어떻게 될까?

— 빛이 되겠지요

힝,

"엄마, 기사 아저씨가 내 머리 쓰다듬어줬어요"

"그래? 너 좋았겠구나"

"차 안에서 까불지 말고 가만히 앉아 있으라고 했어요"

화단에 묻어주자,

수족관에 구피가 죽었다
나는 엄마를 도와주려고
물고기를 잘 건졌다
꼬리를 잡고, 부엌으로 가서

"이 물고기, 음식물 쓰레기통에 넣을까요?"

신 영감

승민이는 종운이네 할머니와
홈쇼핑 광고를 보고 있습니다

마침 오늘은 장난감을 팔고 있네요
두 사람은 홀린 듯이 보고 있었지요

승민이가 할머니를 돌아보며
"할머니, 저 장난감 손자 사 주고 싶지요?"

엄마는 집에서도 선생님

엄마가 내 머리를 감겨줬어요
깨끗하게 헹군 뒤,
수건으로 감싸주면서 한마디 하시네요
"자, 마치자"

목련이 질 때

엄마,
꽃이 녹슬고 있어요

달아실에서 펴낸 고은수의 시집

모자를 꺼내 썼다 (2022)

달아실 동시집 03

선물

1판 1쇄 발행	2024년 6월 14일
지은이	고은수
그린이	신지원
발행인	윤미소
발행처	(주)달아실출판사
책임편집	박제영
디자인	전부다
법률자문	김용진, 이종진
기획위원	박정대, 이홍섭, 전윤호
편집위원	김선순, 이나래
주소	강원도 춘천시 춘천로 257, 2층
전화	033-241-7661
팩스	033-241-7662
이메일	dalasilmoongo@naver.com
출판등록	2016년 12월 30일 제494호

ⓒ 고은수, 2024
 ISBN 979-11-7207-015-1 03810